AF309241

LE
MARTYR DES BARRICADES

ÉPISODE
DES JOURNÉES DE JUIN 1848

POÈME

PAR

ROBERT-VICTOR.

(Extrait du Souvenir, journal de la Noblesse, 61, rue Neuve-des-Petits-Champs.)

PARIS

IMPRIMERIE WALDER, RUE BONAPARTE, 44.

1854

LE

MARTYR DES BARRICADES

Bonus autem pastor dat vitam
suam pro ovibus suis.

I

Dans la grande cité quelle rumeur profonde !
C'est le rappel qui bat, c'est le canon qui gronde.
La discorde intestine, excitant ses flambeaux ,
Prépare une pâture au festin des corbeaux.
La patrie est en proie à d'horribles batailles ,
Et de ses propres mains déchire ses entrailles.
Français contre Français! je l'ai vu, j'en frémis.
Le plomb vole et se croise entre des cœurs amis.
Quels flots de sang! Le frère, en immolant son frère,
Foule d'un pied hardi le cadavre d'un père;
Paris se suicide... O monstruosité !
Un peuple entier s'égorge avec férocité...

II.

L'aurore en gerbes d'or sous la voûte éternelle
Annonçait du Très-Haut la fête solennelle;
Mais, hélas! dans ce jour par le meurtre outragé
A la fête de Dieu quel mortel a songé?
L'archevêque... à genoux, le front dans la poussière,
Oubliant le sommeil, il restait en prière :
« Par le sang de ton fils pour nous sacrifié,
Du troupeau malheureux que tu m'as confié,
Maître absolu du monde, épargne au moins le reste ;
Montre après le courroux ta clémence céleste.
Grâce! suspends les traits de la foudre en fureur ;
Prends pitié de ce peuple aveuglé par l'erreur ;
Que ses grandes vertus rachètent ses grands crimes :
S'il faut pour ta justice encore des victimes,
Eh bien, frappe, ô mon Dieu; je bénirai ta main,
Mourant comme le Christ, sauveur du genre humain. »
Son auguste figure où la bonté domine,
D'une étrange clarté tout à coup s'illumine.
Élevant les regards vers le trône immortel,
Une main sur son cœur, une main sur l'autel,
Pour le salut de tous, il offre au fond de l'âme
Sa vie en holocauste à l'immuable flamme.
S'accusant de languir dans un trop long repos,
Lui, de la Charité l'intrépide héros :
« J'irai tendre à ce peuple une main secourable.
Hélas! il est à plaindre encor plus que coupable.
Plus de retard : l'aspect de nos prêtres en pleurs,
Qui jamais n'ont laissé sans secours leurs malheurs,
Notre voix toujours prête à calmer leurs alarmes,
Des plus terribles mains fera tomber les armes.
Dieu va faire fléchir les cœurs de toutes parts ,
Et la France est sauvée; il faut partir, je pars. »
Après avoir uni par un touchant mystère,

Pour les concilier, et le ciel et la terre,
Il sort... De tous côtés se présente à ses yeux
Des forfaits de la veille un spectacle odieux :
Des pavés en monceaux, des voitures brisées,
Des armes par la rue en tronçons dispersées,
Les murs tachés de sang par la balle écorchés,
Le fer tordu, rompu, les arbres arrachés;
Et cependant il sort. En vain le canon tonne,
En vain la fusillade éclate; rien n'étonne,
Rien ne peut ébranler un cœur comme le sien.
Non moins ferme, et plus grand que ce stoïque ancien
Courant au suicide, il vole au sacrifice
A travers mille flots d'une ardente milice,
Dont les noirs bataillons, sur tous les quais épars,
Abaissaient devant lui leurs vaillants étendards.
Il est accompagné de ses deux grands vicaires,
Des secrets de son cœur constants dépositaires,
Jacquemet, Ravinet, reconnus tous les deux
Pour savants distingués, pour prêtres vertueux.
Tel, quittant sa prison pour aller au martyre,
Alliant dans son âme, en proie au saint délire,
La force du lion, la douceur du ramier,
L'apôtre de Lutèce et l'évêque premier,
Saint Denis, de la foi confesseur héroïque,
Marchait accompagné d'Éleuthère et Rustique;
Ainsi, d'un tel patron fidèle imitateur,
Tranquille, Affre s'avance en conciliateur
Au milieu des quartiers que la guerre déchire.
Des femmes, des enfants que sa présence attire,
Les regards attachés sur le Christ pectoral,
De leur lèvre ont touché le rubis pastoral.

III.

Soudain l'air est troublé par des cris effroyables ;
« Mort ! perçons sans pitié ces cœurs impitoyables !
Fusillé, fusillé ! Point de grâce : la mort !
Laissez, je le tuerai moi-même, et sans remord.
C'est que, voyez-vous ? là, dans ce cœur en souffrance,
Vit un mal sans remède, un besoin, la vengeance. »
Et, frappant le pavé, s'arrachant les cheveux,
L'infortuné poussait des hurlements affreux.
Monseigneur, qui voudrait apaiser toute haine,
Offrir un divin baume à la douleur humaine,
Malgré toute l'horreur d'un si cruel moment,
Du soldat citoyen s'approche, et doucement
Sur l'épaule le touche. A cette auguste vue,
Lui demeure saisi d'une crainte imprévue ;
La parole lui manque, il étouffe en sanglots.
De ses yeux à la fin les pleurs coulent à flots.
« Ne serait-il donc pas permis que je le venge ?
Hélas ! j'avais un fils, pur et beau comme un ange ,
Avec un noble cœur, des jours si peu nombreux !
Il faisait notre orgueil. Que je suis malheureux !
Mon fils, ils l'ont tué, tué sur ma poitrine !!!
Faut-il donc pardonner quand on nous assassine ? »
Alors au désespoir encore il succombait,
Et dans ses doigts crispés sa tête retombait.
« Hier, néfaste jour ! du Faubourg-Poissonnière
La garde nationale attaquait la barrière ;
Nous montions à l'assaut. Tout à coup, dans nos rangs,
Un enfant, (quel courage !) il n'avait pas douze ans !
Se précipite, accourt, après mon cou se jette,
S'y suspend avec force et sans cesse répète :
« Je voudrais à ta place, ô mon père, mourir ! »
De l'arracher en vain j'essaie ; il faut courir
Sous un feu meurtrier. J'avance : on bat la charge ;

L'enfant serre plus fort. Une affreuse décharge
Nous foudroie à l'instant. Tout tombe autour de moi ;
Seul, je reste debout, pétrifié d'effroi.
Et mon fils ? Pas un cri... pas un mot... « Viens, disais-je,
L'entourant de mes bras ; ta candeur nous protége,
Bouclier filial. » Je l'embrasse en pleurant.
Je rendais grâce au ciel... il m'échappe expirant.
Voulez-vous, Monseigneur, encor que je pardonne ?
— Mon frère, pardonnez. Celui qui vous l'ordonne
Pour soustraire le monde aux infernales lois
A vu périr son fils sur un infâme bois.
— Pontife magnanime, allez, Dieu vous protége ! »
Les yeux baignés de pleurs, le sublime cortége
S'éloigne, en emportant des populations
Qui bordaient son chemin les bénédictions.
Par un chemin frayé dans les rangs de la troupe
Il approche toujours, le sacerdotal groupe.
Partout, sur son passage, on voit (tableaux touchants !)
D'un élan spontané les tambours battre aux champs ;
L'officier, le soldat, oubliant leurs alarmes,
D'un air respectueux lui présentent les armes,
Et ce cri retentit dans chaque légion :
VIVE NOTRE ARCHEVÊQUE ET LA RELIGION !
« Bénissez nos fusils ; nous serons invincibles. »
Criaient en le voyant ces bambins impassibles ;
Vieux guerriers de deux jours, grandis par tant d'exploits,
Ils volaient au combat pour la centième fois.
Lui, plus troublé que fier de ces doux témoignages ,
Renvoyait à Dieu seul tant d'illustres hommages.
Chapeau bas, il courbait avec humilité
Son vaste et noble front plein de sérénité.
Mais la civière passe... un mort ! Il se découvre,
Sur lui forme la croix. Un mourant ! Il lui rouvre
En l'absolvant, les cieux. Des blessés ! Et sa voix
Ranime par l'espoir leur esprit aux abois.
Partout on répétait : « Faut-il donc qu'il expose
Sa vie utile à tous ? — Ma vie est peu de chose,
Répond-il souriant. — Vous allez à la mort.
— Je vais où Dieu m'envoie. » Et d'un commun accord,

Sous la voûte d'airain au-dessus d'eux formée,
Sans pâlir franchissant l'immense foule armée ,
La céleste phalange accélérait le pas,
Jalouse d'échapper aux honneurs d'ici-bas.

IV.

La bataille pourtant rugissait furieuse
Place de la Bastille: ainsi, victorieuse,
Hurle au loin la tempête aux sinistres apprêts ;
Elle approche, elle fond sur les vastes forêts,
Comme un vautour cruel, et fracasse et renverse
Les arbres par milliers, en débris les disperse.
Sous la pluie, et la grêle, et l'éclair conjurés
Les feuillages tremblants gémissent lacérés.
La foudre retentit dans les gorges profondes
Et les torrents grondants entraînent dans leurs ondes
Des lambeaux de terrains, des troncs déracinés ,
Du sable en avalanche et des blocs calcinés.
De même le boulet, contre la barricade,
Rebondit furieux et retombe en cascade,
Entraînant dans sa course, avec un grand fracas,
Des chevrons fracassés, des pierres en éclats.
La brèche a dû s'ouvrir ; mais, de dards hérissée,
Elle est plus menaçante encor que menacée.
Des milliers d'insurgés sombres, silencieux,
La rage dans le cœur, l'audace dans les yeux,
Soulevant à demi leurs tubes parricides,
Derrière les créneaux des redoutes perfides,
Cachés dans les maisons, par des cloisons masqués,
Prêts à vomir la mort, se tiennent embusqués.

Déjà la fusillade, à coups redoublés, hache
Et l'aiguillette blanche et le flottant panache,
Le hausse-col d'argent, l'épaulette à gros grain,
Et le cuivre, et l'acier, et la laine, et le crin.
La troupe, inébranlable ainsi qu'une muraille,
Avance au pas de charge en ordre de bataille;
Croisant la baïonnette, elle attaque de front
Ce rempart, de l'assaut prêt à subir l'affront.
L'impétuosité d'un choc irrésistible
Balaie en un clin d'œil l'anarchie inflexible.
Tout cède, plie et fuit devant nos bataillons :
C'est le vent du désert qui lève en tourbillons
Dans l'espace des airs le sable de la plage,
Ensuite le disperse en un brûlant nuage.
La révolte vaincue a reculé d'un pas;
Mais, toujours indomptable, elle ne se rend pas.

V.

L'archevêque... ô spectacle à jamais mémorable!
Oh! du pouvoir céleste influence adorable!
Le tonnerre de bronze a cessé de mugir;
Tous les bras suspendus ont refusé d'agir.
Dans ces cœurs bouillonnants de la fureur guerrière,
L'humanité succède à l'ardeur meurtrière.
Même les insurgés, courbant leurs fronts brûlants,
Se montrent crosse en l'air sur leurs talus croulants.
L'archevêque... il arrive au pied de la colonne,
Toute fumante encor des cendres de Bellone.
Inondé de sueur, de fatigue abattu,
Son corps pourrait faiblir, mais non pas sa vertu.

Des paroles de paix et de béatitude
Découlent de sa bouche avec mansuétude.
Il étend les deux bras pour ensemble bénir
Ces deux camps séparés qu'il voudrait réunir.
Ainsi qu'on voit le pâtre, appuyé contre un chêne,
Rassembler son troupeau que l'œil du chien enchaîne,
Tel parut l'archevêque, à cette heure entouré
De son clergé pieux, cortége vénéré,
Au sévère maintien, dont la prière implore
Avec ferveur la fin de malheurs qu'il déplore ;
De tendres orphelins, pauvres petits enfants
Qui portent vers le ciel des regards confiants,
Dont le naïf sourire éclate d'espérance,
Ignorant que le sort les voue à la souffrance ;
De veuves de la veille, avec anxiété
Cherchant, hélas, en vain, partout dans la cité,
Leurs amants, leurs époux, nobles héros naguère
Pleins de vie, à présent moissonnés par la guerre.
Attendri, le prélat contemple avec amour
De ces infortunés l'humble et touchante cour.
Dieu met dans son regard la lueur virginale,
Doux rayon échappé de l'aube matinale,
Qui pénètre les cœurs, ainsi que dans l'été
Pénètre la rosée en un sol humecté.
« La paix soit avec vous, ô mes bien-aimés frères!
La paix soit avec vous! c'est le meilleur des pères
Qui, dans votre intérêt, vous le dit par ma voix.
Et vous, et vous surtout, vous que là-bas je vois,
Membres de Jésus-Christ que l'infortune oppresse,
Venez prêter l'oreille aux cris de ma tendresse.
Ah ! d'un cœur qui vous aime, entendez les accents ;
Chaque coup qui vous frappe, aussi je le ressens.
Je le sais, je le sais, le chagrin vous accable;
Si l'on est malheureux, faut-il être coupable?
Livrés au désespoir, fuyez le déshonneur.
Ce n'est pas dans le sang qu'on puise le bonheur.
Le sang ne peut guérir vos âmes inquiètes ;
Votre salut n'est pas au bout des baïonnettes.
Si vous réfléchissiez, ces horribles combats,

Votre cœur généreux ne les tenterait pas. »
Il dit : autour de lui règne un morne silence ;
Entre les deux partis hardiment il s'élance,
Une croix à la main : « Par ce signe sacré,
Qu'au milieu des combats vous avez révéré,
Français, plus que cela, chrétiens, je vous adjure
D'abjurer la vengeance et d'oublier l'injure.
Je ne vois divisés par des camps ennemis
Que des concitoyens, des parents, des amis.
Ah! cessez donc, cessez ces guerres immorales,
A votre république, à vous-mêmes fatales ;
Cessez de vous haïr : que la fraternité
Règne enfin dans les cœurs avec sincérité;
Réconciliez-vous, frères, avec vos frères ;
Venez tous abdiquer les fureurs sanguinaires.
Franchissez dans l'élan d'un mutuel essor
La distance d'un pas qui vous sépare encor.
Seigneur, Dieu de bonté, Dieu de miséricorde,
Ramène parmi nous la paix et la concorde! »
Comme un champ de blé mûr, par un souffle effleuré,
De ses nombreux épis courbe le front doré ,
Ainsi vous auriez vu cette foule en tumulte
Rendre en baissant la tête, un respectueux culte
Au ministre sacré de la religion,
Et ces sombres héros de la rébellion,
Si farouches naguère, au bout des baïonnettes
Avec enthousiasme agiter leurs casquettes.
Ce signal est compris : l'archevêque vainqueur
Se jette au milieu d'eux ; le ciel est dans son cœur.
Prenant dans ses deux mains leurs mains noires de poudre :
« Mes amis, mes enfants, plus rien ne doit dissoudre
Les liens solennels qui vont vous réunir
A vos frères déjà qui brûlent de venir,
Pressant contre leur sein vos âmes intrépides,
Avec vous mettre bas les armes parricides. »
Du bien-aimé pasteur l'appel est entendu ;
Le ciel enfin triomphe et l'enfer s'est rendu.
Aux cris des assiégés les assiégeants répondent;
Les deux partis rivaux se mêlent, se confondent;

On s'entend, se pardonne, et tout est oublié.
Dans les épanchements d'une sainte amitié.
Cent mille bras tendus, cent mille mains unies
Protestent du retour des bonnes harmonies,
On ne distingue plus ni vaincus, ni vainqueurs;
En un seul cœur l'amour a fondu tous les cœurs.
Ainsi, dans les transports du flux qui la soulève,
La mer en bouillonnant vers les fleuves s'élève,
Mêle à leurs flots ses flots confondus et pressés.
Que berce le zéphyr, l'un dans l'autre enlacés.
Triomphant, l'humble prêtre, au milieu de la foule,
Qui, joyeuse et bruyante, à ses pieds se déroule,
Apparaît comme une île aux verdoyants abords
Dont l'onde avec respect baise en jouant les bords.
Dominant du regard cet océan de têtes,
Qu'il vient de dérober aux foudres des tempêtes,
Doux messager de paix, arc-en-ciel du bonheur,
Par l'oraison mentale il rend grâce au Seigneur.

VI.

Un père a vu son fils, vers lui se précipite,
Et pour le recevoir en son sein qui palpite,
Ouvre en courant les bras; de sa main échappé,
Tombe à terre un fusil; le piston a frappé
Contre une pierre : il saute, et brise la capsule.
L'éclair luit; le salpêtre, effrayant véhicule,
S'allume en éclatant. La balle a pris son vol;
Présageant le massacre, elle rase le sol,
Comme fait l'hirondelle en présageant l'orage,
Siffle, et trouvant un but digne enfin de sa rage,

(L'aigle aussi court l'oiseau qu'elle avait épié)
En broyant la cheville a traversé le pied
Du fils qui s'élançait pour embrasser son père.
Il a cru le revoir, c'est en vain qu'il l'espère.
Une vaste clameur dont frémit l'horizon
Pour toujours les sépare. AUX ARMES! TRAHISON !
Trahison! répétaient mille voix effroyables;
Et ces masses de peuple irréconciliables,
Pour s'entre-déchirer impitoyablement,
S'ouvrent, comme la terre après un tremblement.
La troupe a déployé sa ligne meurtrière
Devant la barricade, et l'émeute est derrière,
Résolue à tenter, dans un dernier effort,
Avec acharnement, la victoire ou la mort.
Moment plein d'épouvante, où la haine surnage !
Un silence de mort précède le carnage;
On n'entend plus partout que les battements sourds
De la baguette entrant dans le tube à coups lourds.
Soudain, comme les feux de la céleste sphère,
Tous les feux de la guerre embrasent l'atmosphère.
Le ciel est obscurci, le sol est ébranlé;
En semant la terreur dans l'espace troublé,
Les canons, rugissant du fond de leurs entrailles,
Vomissent les éclats de mille funérailles.
L'archevêque s'avance à pas précipités
A travers la lueur des éclairs répétés,
Comme à travers l'orage une étoile aperçue.
Auprès des révoltés, par une étroite issue,
Il pénètre; du geste il cherche à les calmer.
C'est en vain, leur fureur semble se ranimer.
Des menaces de mort, des cris et des blasphêmes
S'échappent en sons durs d'entre leurs lèvres blêmes.
Denis, que rien n'arrête au sentier du devoir,
Implore du Très-Haut l'invincible pouvoir.
Il veut parler ; sa voix, lyre entre des cymbales,
S'évapore au milieu du sifflement des balles.
Qui peut le retenir? Affrontant le trépas
Sur les pavés sanglants qui roulent sous ses pas
Il monte. Auprès de lui monte un jeune homme en blouse,

Qui fier de partager un destin qu'il jalouse
Portait, nouveau Simon, glorieux d'un tel poids,
Sur un autre Calvaire une semblable croix.
Avec le rameau vert, pacifique auréole,
Avec le crucifix, doux et pieux symbole,
Comme au sein du déluge apparut dans le ciel
La colombe effleurant l'arc providentiel,
Comme viendra le Christ sur les confins de l'âge
Monseigneur se présente au milieu du carnage.
Ses longs cheveux roulés livrent au vent leurs nœuds ;
Sa face qu'environne un disque lumineux,
Couronne des élus, tout à la fois respire
L'éclat et la douceur de l'esprit qui l'inspire.
Tel se montra Moïse à son peuple en émoi,
Lorsque lui rapportant les tables de la loi,
Sublime, il descendait de la montagne altière
Le visage éclatant de rayons de lumière.
Aussi reflet de Dieu, prophète en d'autres temps,
Sous la nue enflammée, au milieu des autans,
Denis, foulant aux pieds les passions humaines
Et montrant d'une main, pour calmer tant de haines
L'olivier de la paix aux défenseurs des lois,
De l'autre aux révoltés l'image de la croix :

VII.

« Arrêtez, malheureux ! arrêtez ! Dieu l'ordonne.
Voyez à quel excès votre âme s'abandonne.
Le plus horrible crime est votre seul désir.
Le parricide, ô ciel ! est pour vous un plaisir.
Voyez la France en deuil par vos haines flétrie.

Sans doute il faut savoir mourir pour la patrie,
Mais c'est pour la défendre, et non pour l'égorger,
Pour rehausser sa gloire et non pour l'outrager.
Mais la guerre civile est une guerre impie.
Par des malheurs sans nombre il faut qu'elle s'expie. »

La fusillade encor redouble de fureur;
La mort dans tous les sens plane avec la terreur.

« Eh bien! la vérité, dussiez-vous me maudire!
Moi qui l'ai dite aux rois, je saurai vous la dire.
Sur vous sont suspendus les foudres éternels,
Vous avez soulevé des pavés criminels,
Qui vont, en suscitant d'effroyables tempêtes,
Pour vous écraser tous, retomber sur vos têtes.
Vous ouvrez un abîme, il doit vous engloutir.
Le glaive frappera ceux qui l'ont fait sortir.
Moi, je voudrais pouvoir vous sauver tous. Ma vie,
Avec avidité je vous la sacrifie,
Trop heureux, si je puis mon existence offrir
Pour vous, chères brebis, vous sauver et mourir.
(Et les balles sifflaient.) Ah! déposez les armes;
Rendez-vous, rendez-vous; la patrie en alarmes
Vous en fait un devoir, vous en fait une loi.
(Et les balles sifflaient). Voyez derrière moi
Vos pères, vos enfants, vos mères éplorées;
Voyez par la douleur vos femmes égarées,
Qui mourantes, sans voix, vers vous tendent les bras ;
Leur cœur va se briser, ne le déchirez pas.
Pitié pour eux! pour vous! Ah! pitié pour la France,
Dont le sein maternel, en proie à la souffrance,
Gémit de voir, hélas! tomber des deux côtés,
Se déchirant entr'eux, ses fils ensanglantés.
(Et les balles sifflaient.) En égorgeant vos frères,
Pensez-vous étouffer l'hydre de vos misères?
(Et les balles sifflaient.) Sans pitié, sans remord,
Sur des monceaux de morts vous courez à la mort.
Malheureux! on vous trompe; on vous pousse à l'abîme.
Vous êtes l'instrument, vous serez la victime.

(Et les balles sifflaient.) On fait avec vos bras
Des révolutions, vous n'en profitez pas.
Je ne suis que d'hier, et j'ai vu la patrie
Etaler à mes yeux des jours de barbarie
Grosse de nos fureurs et veuve de ses lois;
J'ai vu le peuple assis dans la pourpre des rois,
Pour s'amuser une heure incendier un trône,
Détruisant des palais, se réduire à l'aumône;
J'ai vu son sang couler pour quelque mot nouveau.
Monarque ou président, qu'importe le drapeau?
C'est toujours pour le peuple un maître après un maître.
A-t-il dans ces débats vaincu pour son bien-être,
Conquis dans le triomphe un sort pour ses vieux jours?
Son pain est-il moins dur, et ses travaux moins lourds?
Nourrit-il ses enfants du bris d'une couronne?
Aux champs de la révolte est-ce lui qui moissonne?
Chaque jour il accroît les maux qu'il a soufferts;
Il sème le désordre et récolte des fers;
Il renverse un principe, et vote l'esclavage.
Tous ces biens qu'il convoite il les livre au pillage;
Pour un jour de licence il vend sa liberté;
Il s'entre-tue au nom de la fraternité.
L'égalité, vain mot, qu'on lui jette en amorce.
Le droit qu'il reconnaît, c'est le droit de la force.
Son orgueil croit monter un échelon nouveau;
Mais sa vertu descend au-dessous du niveau.
Hélas! il sacrifie aux erreurs d'un système
Son repos, son honneur, et, trahi par lui-même,
Poursuivant un fantôme à sa perte acharné,
Aux pieds de son idole il tombe assassiné.
Le peuple, il meurt de faim sous les débris du trône,
Et ceux qui l'ont perdu lui marchandent l'aumône.
C'est ainsi qu'irritant l'excès de vos douleurs,
L'ambition perfide exploite vos malheurs.
La veille, on vous promet tous les biens de la terre,
Et que vous donne-t-on? la honte et la misère!!!
On livre votre chair en pâture aux combats,
Quel en sera le prix? l'exil ou le trépas.
Vous vous battez pour être (oui, c'est là votre histoire)

Flétris par l'insuccès, vaincus par la victoire.
(Mais les balles sifflaient.) Ouvrez enfin les yeux ;
Ne prêtez plus l'oreille aux discours factieux.
La conscience crie au fond de vos poitrines
Qu'il faut abandonner de funestes doctrines
Qui tournent contre vous ce que vous avez fait,
Changent le bien en mal, en vertu le forfait.
Rejetez, rejetez ces rêves chimériques ;
Ne livrez plus votre âme aux fureurs politiques ;
Aux esprits forts laissez les soucis dévorants :
Les vices, les erreurs, ce sont là vos seuls tyrans. »

———

VIII.

L'archevêque à ces mots pâlit, s'arrête ; il semble
Pour la première fois hésiter, sa voix tremble...
« Mon ami, soutiens-moi ! Je suis... je suis blessé !!!
Plaise à Dieu... que mon sang.. soit le dernier versé !!! »
Le sang de sa blessure à gros bouillons s'échappe.
Étourdi, non vaincu, par le coup qui le frappe,
Il s'affaisse à genoux, mais il ne tombe pas.
Celui qui le suivait l'a reçu dans ses bras.
Aussitôt, dominant tous les bruits de la guerre,
On entend retentir, comme un coup de tonnerre,
Sur l'immense cité cette immense clameur :
L'ARCHEVÊQUE EST BLESSÉ, L'ARCHEVÊQUE SE MEURT.
Et l'œuvre se consomme... autour de la victime
Tombent morts ou mourants tous les témoins du crime.
A ce terrible coup, frappant l'Église au cœur,
Partout, en même temps, soudain, l'ordre est vainqueur.

17

L'émeute épouvantée a perdu sa vaillance.
C'EST QUE LE DOIGT DE DIEU PÈSE DANS LA BALANCE.
Sous vingt feux d'obusiers qui partent à la fois
De vastes bâtiments, des fondements aux toits,
(Scène qu'avec stupeur l'œil effrayé contemple)
Se fendent par moitié. Tel le voile du temple
En deux s'est déchiré. Semblable au Golgotha,
La barricade émue en tremblant s'agita
Sur sa base au milieu d'obscurités funèbres.
La terre ainsi trembla, se couvrit de ténèbres,
A l'heure où l'homme-Dieu, dans un éclat de voix,
Pour le salut du monde expirait sur la croix.
La douleur au martyr n'arrache aucune plainte.
Des rebelles, saisis de désespoir, de crainte,
Vers l'auguste victime, au mépris de la mort,
S'élancent désarmés. Denis fait un effort,
Laisse échapper ce mot qui faiblement résonne :
« Ainsi Dieu l'a voulu; qu'on n'accuse personne. »

———

IX.

Un fluide glacé sur lui s'est répandu.
Doucement on l'enlève, on le pose étendu,
Comme sur un brancard sur des mains enlacées.
On l'emporte à travers des cohortes pressées ,
Qui, les larmes aux yeux, genou terre, front bas,
S'arrachaient la poitrine, implorant le trépas.
On le vit, abaissant une main défaillante,
Essayer de bénir la foule suppliante.

A voix basse, au milieu des soupirs arrachés
Il priait pour la France, et les plus rapprochés
L'entendaient murmurer dans son âme ravie :
« Le pasteur a donné pour ses brebis sa vie. »
Un peuple entier l'entoure, et tous à son aspect
Restent anéantis, frappés d'un saint respect.
Chacun voudrait toucher le manteau qui l'embrasse,
Le presser... Du convoi l'un a baisé la trace ;
Un autre, déjà, sûr de son effet puissant,
Recueille avec amour les gouttes d'un tel sang.
Mais que vois-je ? C'est lui, le serviteur fidèle,
Pierre... (il était blessé ;) se traînant, il chancelle ;
Il s'écrie : « O mon maître ! » et par un choc heurté,
Sous les pieds du cortége il roule ensanglanté.
Un prêtre, ange déchu de sa splendeur première,
De l'Église autrefois l'orgueil et la lumière,
Sans oser approcher, de loin, furtivement,
Craignant d'être aperçu, regarde tristement.
« O vous, qu'on proclamait roi de l'intelligence,
Acceptez le pardon plutôt que la vengeance,
S'écria le prélat qui l'avait reconnu ;
Pierre avait renié, mais Pierre est revenu. »
Des deux côtés la foule avait formé la haie;
Car la moindre secousse élargissait la plaie.
L'infatigable athlète a remarqué, placé
Dans les rangs de l'escorte, un mobile blessé :
« L'an dernier, cette main qui noue et qui dénoue,
Vous confirmant la foi, vous a touché la joue.
Tenez, mon fils, auprès du signe de l'honneur
Placez-la, cette croix vous portera bonheur.
— Ce pieux souvenir, je le jure, ô mon père,
Me suivra dans ce monde, et dans l'autre, j'espère ; »
Et le jeune héros de sa lèvre à ses doigts
Porte et pend à son cou le crucifix de bois.
Partout où le convoi passait, la multitude
Se tenait recueillie et dans une attitude
A la fois de douleur et d'admiration.
Les pauvres, chers objets de son affection,
Sur ses pieds, messagers de toutes les misères,

Sur ses mains, leurs trésors, versaient des pleurs sincères.
Des bandes d'insurgés, tristes, le front baissé,
Les habits en désordre et le cœur oppressé,
Maudissant à jamais leurs attentats farouches,
Broyaient sur le pavé leurs armes, leurs cartouches,
D'illustres généraux, de célèbres guerriers
Viennent sur ses genoux déposer leurs lauriers ;
Et puis, sur sa poitrine en croisant leurs épées,
Aux sources de l'honneur et de la foi trempées,
Ils juraient au combat toujours prêts à courir,
Pour la France et pour Dieu de vaincre ou de mourir.
Tous voulaient arroser de larmes sympathiques
La victime immolée aux fureurs politiques;
Et le peuple et l'armée oubliaient leurs discords
Devant ce digne objet de douloureux transports.
L'ouvrier, le soldat, n'ayant plus qu'un seul rôle,
Se disputent l'honneur, abaissant leur épaule,
D'élever le brancard, ce pavois triomphal
D'un sublime martyre illustre piédestal.
Marchant d'un pas rhythmé, l'un à l'autre conforme,
Battant d'un même cœur, la blouse, l'uniforme
Transportaient lentement le fardeau précieux
A travers des débris de roue et d'essieux,
De pans de murs gisants, de portes, de croisées,
De casques pourfendus, de cuirasses brisées.

———————

X.

Au seuil du presbytère on arrive, et les bras
Lèvent le patient mollement sur des draps.

La foule alors déborde, arrache et se partage,
Du matelas sanglant précieux héritage,
La laine brin à brin, la toile fils par fils,
Comme les vêtements ravis au divin fils.
Un grabat sur la dure a reçu le pontife,
Meurtri comme Jésus dans la cour de Caïphe.
On le panse : la balle, en traversant le dos,
Sous la moelle épinière a fracturé les os.
L'art déploierait en vain les secrets qu'il possède ;
La blessure est mortelle, il n'est point de remède.
Auguste avec courage entend l'arrêt fatal,
Oppose à cette épreuve un calme sans égal,
Et sourit à la mort. Brisé par la souffrance
Encore il s'écriait : « Sauvez, sauvez la France!
Si je souffre, ô mon Dieu, mon Dieu, que mes douleurs
Soient l'expiation pour de si grands malheurs. »
Un homme, les bras nus, courbé sur une épée,
D'un mouchoir plein de sang la tête enveloppée,
Parmi les assistants qui reculent surpris
Se jette, en exhalant de lamentables cris :
« Laissez! que je confesse un secret qui dévore. »
Voyant une infortune à consoler encore,
L'archevêque a fait signe, on s'écarte… Appuyé
Sur le coude, il se penche, écoute apitoyé,
Sans qu'une émotion altère sa figure,
L'aveu d'un attentat dont frémit la nature.
Il impose les mains au pécheur à genoux :
« Mon fils, je vous absous; mon fils, je vous absous : »
Et puis, avec des pleurs pleins d'une sainte ivresse,
Lui passe autour du cou son bras avec tendresse,
Le presse avec transport contre son sein mouillé,
Et de sa lèvre pure effleure un front souillé.
Du haut d'un firmament tout parsemé d'étoiles,
La nuit sur nos forfaits jette en pleurant ses voiles.
La bataille expirait : des feux sont allumés
De distance en distance, et les bruits sont calmés.
Paris respire enfin. Les troupes haletantes,
Sur les places, les quais, bivouaquaient dans leurs tentes.
L'air consterné, l'œil fixe et le front soucieux,

Nos vainqueurs harassés, pâles, silencieux,
De poussière couverts, les armes obscurcies,
Et de poudre et de sang les mains toutes noircies,
Leurs fusils pêle-mêle autour d'eux répandus,
Sur l'angle des trottoirs reposaient étendus.
Auprès de ces héros salis par la mitraille,
Et respirant encor l'odeur de la bataille,
On voyait, et d'un âge et d'un sexe flatté
Oubliant la faiblesse et la timidité,
La noble dame offrir, sublime vivandière,
La liqueur généreuse à leur bouche guerrière.
Dans l'ombre on voit passer la patrouille aux pas sourds;
De quart d'heure en quart d'heure on entendait toujours
Hurler d'un ton lugubre, au mot d'ordre fidèle,
Sentinelle, prenez garde a vous! Sentinelle,
Prenez garde a vous! et, mille fois répétés,
Ces cris de poste en poste au loin sont reportés
Dans toute la cité qui frissonne incertaine,
A ce sinistre écho de terreur ou de haine.

XI.

Enfin, après cinq jours de succès, de revers,
L'hydre antisociale écumait dans les fers.
A travers mille flots d'un peuple qui le pleure
L'archevêque rejoint sa terrestre demeure.
L'île du roi martyr ouvre au prêtre martyr
Le port d'où son esprit pour les cieux doit partir.
L'hôtel épiscopal a revu son digne hôte,

Ce jouteur couronné d'une gloire si haute.
Il y rentre mourant pour en sortir demain
La mitre sur la tête, et la crosse à la main,
Vêtu de blanc, les pieds sur des fleurs, une palme
Sur le cœur, le visage animé, le front calme,
En triomphe porté sur un lit de velours,
Au bruit lent, prolongé, des cloches, des tambours,
S'en allant, à travers l'immense capitale,
Pour ne la plus quitter, revoir sa cathédrale.
Le voilà sur sa couche à mourir préparé,
D'un céleste rayon le visage entouré,
Le cœur toujours brûlant d'une plus vive flamme;
Et la terre et le ciel se disputent son âme.
Son clergé près de lui, les regards abattus,
Si grand par ses vertus, pleure tant de vertus.
« Ne pleurez pas sur moi, pleurez sur la patrie,
Hélas! leur disait-il, par tant de maux flétrie.
Terrible enseignement! que d'épreuves, grand Dieu!
La France est palpitante et l'Europe est en feu.
Les sceptres sont brisés, les gouvernements croulent.
L'ancien monde, au fracas des États qui s'écroulent,
Craque, menace ruine, et la société
Trébuche comme un fou par l'ivresse emporté.
Dans cet affreux chaos de toute chose humaine,
L'homme inquiet s'agite, et c'est Dieu qui le mène.
Il souffle, et de nos lois le code ambitieux,
Téméraire Babel qui défiait les cieux,
Est réduit en poussière; et ces plans éphémères,
D'un souverain d'argile orgueilleuses chimères,
Sont frappés d'impuissance, et, livrés au dédain,
Comme une bulle d'air se dissipent soudain.
Mortels, courbez le front; celui qui vous châtie
Étend sur l'univers sa droite appesantie.
Je le vois, je le vois, ce terrible fléau :
Il passe en décimant la ville et le hameau.
Les sépulcres sont pleins; je vois dans les ténèbres
Sous le faix de leurs morts ployer les chars funèbres.
Vraiment, je vous le dis : bientôt ces maux viendront.
Debout, soldats du Christ! car alors manqueront

Et les mains pour bénir, et les voix pour absoudre,
Les bouches pour prier, pour conjurer la foudre. »

Et pendant ce langage au sens mystérieux
Un éclair prophétique a brillé dans ses yeux :

« Sacrilége ! ô douleur ! dans la ville éternelle
La tiare n'a plus sa splendeur solennelle ;
L'enfer s'est révolté contre le Vatican,
Sur le saint-siége même il a dressé son camp.
L'illustre successeur de l'apôtre saint Pierre,
Il est, il est en fuite, et n'a pas une pierre
Où reposer sa tête, et dans la chrétienté
Il s'en va mendiant son pain par charité.
O honte ! ô désespoir pour nous dans tous les âges !
Tes prêtres, ô mon Dieu, sont en butte aux outrages
D'un siècle réprouvé qui méconnaît tes lois,
Et qui demeure sourd aux accents de ta voix.
On ne respecte plus l'auguste caractère
De tes ministres saints, on leur a fait la guerre :
On voudrait les charger d'un poids d'iniquité,
Pour les livrer aux traits de la malignité,
Et quand pour leur salut le prêtre se dévoue,
Les hommes, ces ingrats, le traînent dans la boue.
Leur cœur est perverti, leur esprit se confond.
Seigneur, pardonnez-leur, savent-ils ce qu'ils font ?
Vous qui m'avez aidé dans la rude carrière
Où le dévouement seul peut ouvrir la barrière,
Je vous l'ai déjà dit : le temps est arrivé ;
Des persécutions l'étendard s'est levé.
Le tigre contre vous aiguisera sa rage.
Mais demeurez sans crainte ; armez-vous de courage :
Sans relâche priez pour vos persécuteurs ;
Près du ciel irrité soyez leurs protecteurs.
Ne vous mêlez jamais aux discordes civiles
Que pour concilier tous les partis hostiles.
Le monde est votre empire, et le prêtre chrétien
De tout le genre humain est le concitoyen. »
Les prêtres, à ces mots, comme en un sanctuaire,

Ont étendu la main sur le lit mortuaire :
« Saint martyr, nous jurons devant la majesté
Du Dieu qui vous appelle à son éternité,
Nous jurons, nous jurons de marcher sur vos traces,
De répandre en tout lieu votre esprit et vos grâces ;
Et que, s'il le fallait, nous n'hésiterions pas,
Par votre exemple instruits, de voler au trépas. »
L'archevêque, inclinant sa tête vénérable,
Par une expression d'un charme inénarrable,
Leur répond, comme on parle au séjour des élus .
« Ce que j'ai fait n'est rien : gloire à Dieu ! faites plus. »
Il soulève une main de les bénir avide,
Qui tremble sur le drap et retombe livide ;
Et les bras étendus , levant au ciel les yeux,
Sans retour à la terre il a fait ses adieux.

XII.

Sa figure étincelle ; un instant ravivée
Au feu surnaturel d'une ardente pensée ,
Sa voix, qui débordait comme les grandes eaux,
N'est plus qu'un léger souffle errant sur des roseaux,
Et comme un chant du cygne, à sa lèvre éperdue
Elle expire en passant, tremblante, interrompue....
« Approchez, leur dit-il, approchez-vous. Ma voix
S'éteint ; vous l'entendez pour la dernière fois. »
Il s'interrompt, reprend d'un ton qu'il modifie :
« Il est un vœu bien cher qu'à vos soins je confie.
Ma dépouille mortelle aura dans le trépas
La plus humble demeure au séjour d'ici-bas ;

Mais pour mon cœur, ce cœur que j'offris en victime,
Quand de l'épiscopat j'ai dû franchir la cime,
Ah ! qu'il dorme, qu'il dorme en ce lieu de repos
Où de tant de martyrs sont rassemblés les os !
Là, ce cœur, dans la vie, aspirait à leur gloire ;
Là ce cœur dont la mort attendrait sa victoire. »
Il s'arrête, épuisé par tant d'émotions
Et par tant de douleurs. « Et maintenant, prions,
Dit-il en essayant le signe catholique,
Qu'il ne peut achever. Ma dernière supplique
Sur la terre, ô mon Dieu ! sera pour mon pays.
Apaise ta colère ; et, s'il est quelque prix .
(A toi seul on le doit) dans la mort de ton prêtre,
Quoique mon indigence en eût besoin peut-être,
Accepte-la pour lui, pour le sanctifier :
Qu'il renaisse à l'espoir pour te glorifier !

. . . . , ...

. . . .

Pour un infortuné j'implore ta clémence :
Pardonne, il agissait frappé par la démence ;
Puis il s'est repenti ; son droit c'est le remord.
Ah ! s'il fallait au monde un exemple en ma mort,
Pour inspirer l'horreur des luttes fratricides,
Pour montrer de l'enfer les trames homicides,
Seigneur, je t'en supplie à ce dernier moment,
En réprouvant le crime, épargne l'instrument ;
Ajoute (en suis-je digne ?) au prix du sacrifice
De l'oubli de l'injure encor le bénéfice.
Puisse le bon pasteur en un jour solennel
Rapporter la brebis au bercail éternel,
Et les saints contempler dans un transport sublime
Le sacrificateur auprès de la victime,
L'un épuré d'avance au feu du repentir,
L'autre purifié par le sang d'un martyr ! »

XIII.

« O mon juge, pitié! Sur le point de paraître
A ton saint tribunal, j'ai senti tout mon être
Et trembler et frémir. Suis-je digne de toi?
J'ai confessé ton nom, j'ai confessé ta foi.
Je meurs dans le giron de ton Église sainte,
Romaine, catholique, apostolique, enceinte
Dans le cercle infini de ta divinité,
Symbole révélé, DIEU, C'EST LA TRINITÉ.
Guidés par ta lumière, inondés de tes grâces,
Mes pas ont essayé de marcher sur tes traces.
Comme autrefois Moïse en son lit de roseaux,
Ta main a soutenu mon esquif sur les eaux.
Et cependant, malgré ta clémence féconde,
O mon Dieu, tu le vois, ma misère est profonde.
J'arrive devant toi nu, les mains vides... Prends...
Pitié de ton ministre... et... puisqu'ils sont si grands,
Les trésors infinis... de ta miséricorde...
Aux sincères aveux... du repentir... accorde...
Les efficacités... de ta grâce... et... ce jour...
Que ta bonté l'accueille... au bienheureux séjour. »
Sans ébranler un cœur plus fort que ses outrages,
Le mal faisait toujours de plus profonds ravages.
Déjà le froid mortel s'insinue en courant
Sur les membres qu'il glace, atteint le nerf souffrant,
Pénètre dans les os, gonfle les chairs flétries,
Monte, monte, a crispé les entrailles meurtries;
Du mouvement vital il détend le ressort,
Menace les poumons, le cœur : ainsi la mort
Lentement, par degré, s'empare de sa proie.
Affre la sent venir, il l'accueille avec joie.
« Je vous offre ma vie; acceptez-la, Seigneur,
Pour rendre à mon troupeau la paix et le bonheur. »

XIV.

L'heure fatale approche, et le saint viatique
A déjà consacré la victime héroïque.
Dans ses regards mourants, pleins de sérénité,
Brillaient ces deux flambeaux : LA FOI, LA CHARITÉ.
Mais priant d'une voix que la force abandonne :
« Pardonnez, pardonnez pour que Dieu me pardonne,
O vous tous que j'ai pu dans ce monde offenser. »
La parole lui manque... on le vit s'affaisser.
On ne l'entendait plus ; mais sa lèvre glacée
S'agitait pour redire une sainte pensée.
Il s'élève un grand cri de son cœur en émoi :
SEIGNEUR, SEIGNEUR, MON DIEU, PRENEZ PITIÉ DE MOI !
Dans ce dernier effort... qui l'épuise... il succombe.
Il veut parler... soupire... et sa tête retombe...

. . . .

. . . .

L'archevêque expira comme il avait vécu,
Humble et doux à la mort que son maître a vaincu.

. . . .

. . . .

Deux anges vers le ciel emportèrent son âme,
Déployant dans les airs des martyrs l'oriflamme.

APOTHÉOSE.

Silence... Entendez-vous cette immense harmonie,
Qui toujours recommence et jamais n'est finie,
Et sans cesse module avec des tons nouveaux
Les plus brillants accords par des accords plus beaux,
Et dans une cadence aux sphères étendue
Berce les mouvements de toute l'étendue,
Et tour à tour légère, et grave tour à tour,
Emplit l'air de bonheur, d'innocence et d'amour?
Musique incomparable aux phrases nuancées!
Chaque note éveillant d'innombrables pensées,
De toute poésie écho délicieux,
Fait résonner au cœur cette langue des cieux :

SAINT! SAINT! SAINT! TROIS FOIS SAINT! GLOIRE AU PREMIER DES ÊTRES!
SAINT! SAINT! SAINT! TROIS FOIS SAINT! GLOIRE AU MAÎTRE DES MAÎTRES!
SAINT! SAINT! SAINT! TROIS FOIS SAINT! GLOIRE AU SAINT DU SAINT LIEU!
HOSANNA! TROIS FOIS SAINT! HOSANNA! GLOIRE A DIEU!

Roi des rois! souverain du ciel et de la terre,
TRIPLE—UNIQUE SANS TERME, adorable mystère!
Toi, dont l'immensité, centre de l'univers,
Embrasse comme un point tous les globes divers!
Suprême intelligence, inaltérable essence,
Force incommensurable, immuable puissance,
De tout principe enfin, de tout seul OUI, seul NON
(Mais quel langage humain pourrait dire un tel nom!)
JÉHOVAH!!! Si les vœux de l'humble créature,
Avec les doux parfums qu'exhale la nature,

Montent comme l'encens jusqu'aux pieds glorieux
Du trône où resplendit ton front victorieux,
Lorsque ton bras terrible armé par la colère,
Au milieu des éclairs, suscite le tonnerre,
A l'ombre de la croix, si l'esclave à genoux
Peut au prix d'une larme apaiser ton courroux,
Pour célébrer l'éclat de tes œuvres sublimes,
Pour chanter ta grandeur, tes bontés magnanimes,
Les accents de ma voix, par la foi transportés,
Au loin retentiront d'âge en âge emportés :

Saint! saint! saint! trois fois saint! Gloire au premier des êtres!
Saint! saint! saint! trois fois saint! Gloire au maître des maîtres!
Saint! saint! saint! trois fois saint! Gloire au saint du saint lieu!
Hosanna! trois fois saint! Hosanna! Gloire a Dieu!

9 782019 685072